JN048597

太陽帆船

中村森

KADOKAWA

太陽帆船

中村森

KADOKAWA

帆を揚げる　会いたい人に会いに行くそれはほとんど生きる決意だ

目次

I

一度出会えばずっと祝祭

別れても会えなくなっても見えずとも一度出会えばずっと祝祭

藤の咲く季節を知った君だからそれはもれなく祈りの仕草

落雷のように芯から光りたい　いつか招かれる誓いの為に

最後まで君に傷つく金色（こんじき）の僕で在りたい今はそれだけ

惜しみなくホーリーホーリー鳴く光　君のやがての為の僕です

頭から羽ばたいていく一羽ずつ　残ったものは聖書だけです

星空は冠として煌めいて他者の正しさを借りずに生きる

何もかも忘れるという前提が書くと祈るは同じことだね

来世では、もう出会わない気がしてる「さようなら」って言えてよかった

忘れない記憶の場所が心から命に変わる、どうかご無事で

百年後、朝の海辺で待ってます。この約束を愛と言いたい

仮説ムーンライト

天秤にあと少しだけ花びらが降ってきたなら変わる人生

くす玉の中身のような感情が紐を引かれる、　いつもあなたに

感情の新たな器が透明で直ぐにわかったクリアな好意

寂しいと思えることが希望のような心の内の清潔な軽さ

暗闇で起動していく携帯の白い林檎の一口でした

鉛筆の柔い文字だけ絵画として記憶している君の付箋の

会いたいと話したいなら、どちらの方が愛に近いか知らずにいます。

あなたにはガラスでいたい落としたり悲しかったら、きちんと割れる

思い出に厚く掛かったホログラム「おめでとう」以外言うことがない

会えずとも誕生日だけ確実に鳴らせる鐘を持ってる信仰

たくさんの気持ちばかりで選べない「ありがとう」って最後の言葉

君だけずっと無敵でいいよ

追いつける速度で降った綿雪とただ僕だけが待ってた出会い

謙譲語をこっそり使い敬愛を栞のように挟んでた頃

告白は一行として書くように息つぎなどは役に立たない

寄せ返す語尾の波線〜真剣に溺れることもできない浅瀬

全部好きとかじゃなかった何一つ嫌えなかった、そういう辛(つら)さ

告白は雪の日にすると決めていた謝る為の白状の白

君の初手なら覚えてる雨の日に王手と言えず終わった将棋

執着の前世はどんなきれいな名、君が必要と言えば良かった

人生が長過ぎるより容赦なく君の不在が有り余ってる

言語化ができない好きを許したい　君だけずっと無敵でいいよ

本当は「愛しています」よりずっと朝まで君と話がしたい

想像よりもうつくしい君

一つでも欠けたドミノは繋がらず最後にあった心は揺れず
どうしても好きの気持ちで見てみたい、想像よりもうつくしい君

花の名を覚えるように骨の名を覚えてみたい白く咲いてて

壊れても直せたものもあったのに直せた方が愛せたものも

仲良くはなれなかったがそれでもさ大好きだったよ、　君の辛辣

地に足をつけて生きてく難しさ理解してなら傲慢だった

言葉など持たず生まれてきたように　寂しい日には頬を合わせる

II

コーリング

月齢は0歳からのカウントで三日月で揺れ眠る月の子

雪の降る地域と海がある地域　生まれた子の泣き方泣き場所

一波の海の分だけ引き継ごう　君が信じた性善説を

僕、君と話し足りてない優しくなりたいってさ無責任かな

海となり真珠のように育てたいそういう祈り・もしくは誓い

満月と共鳴してる瞳孔を沈めて澄んだ二つの湖

体内で月が波打つ心臓の気高いことを知って初めて

朝桜　入園したての子が使う色鉛筆のペールオレンジ

季節なら巡ることなく澄んでいき同じ春とは古い錯覚

ちゃんづけは、頭にのった花びらの一枚でした花の名の君

踏みつけた花を押し花と言う頃は本を持てない貧しさだった

子守唄のときに使った声帯を君の名前で再び揺らす

一度でも大切だった出来事は心を包む柔らかな皮膚

オルゴールだけ置いていく掌(て)の中で鳴れば砂金のような煌めき

Ⅲ

君が飼ってたポメラニアン

会える人にもある最後　注文を音読みたいに頼む声とか

見過ごした連続ドラマみたいにはこの関係を諦めきれず

愛よりも反射神経だけがいい恋もあったと今なら思う

本棚を捨ててしまった空白で一体何を手に入れたのか

銭湯の帰り道に湯冷めせず帰れたような二年だったな

月でなく虹が出たなら三番目　伝えたくなる今はそれだけ

好きなのは君が飼ってたポメラニアンそういう余韻。思い出じゃなく

一日を「いっぴ」と読もう僕たちの文に住んでる多毛種が鳴く

逆光サンライズ

どの冬も祈り／呪いは紙一重　天秤に積もる雪の重さで

紫陽花が君を埋めたらどの色で咲くか見ていることしかできず

梅雨なのに止みそうな雨は所在なく　「好きでごめん」を言うしかなくて

好きという心通さず見てみたい傘を忘れて濡れる姿を

さんざんが雨のように降り頻(しき)る　さんざんさんざん　許されてきた

〈祈るから救われる〉ではないだろう救いがないから祈り続ける

絶望に甘えたくない絶対に　祈りを閉じれば呪いが開く

できるなら乳歯を抜いてほしかった傷付くことは傷付けることだね

「忘れて」と「覚えていて」の後悔を　海に置いたらどちらが沈む

誰だって生きてるだけで傷付ける月の代わりに昇る黒石

もうきっと、大丈夫だから失える　海に行ったら落として帰るね

鈴が降る国

金色(きんいろ)が耳の骨ごと貫通し痛みがつたう言葉選びだ

なめらかで退屈そうで僕、君の初見で弾ける曲そのものだね

好きという無秩序さなら知っていて喋り過ぎては話さな過ぎる

肯定は君の壁だと気づかずに岩に描かれた薔薇は香らず

ピアノしかない人生はどの鍵盤を叩き過ぎては壊すだろうか

燃える星　縁もゆかりも無い丘で風車のような構造の僕

好きだから許してなんて言えなくて　地面につけば雪だったもの

惜しみない悲しみだけが降り積もる雪が溢れる海の果てまで

食べ飽きて、眠り損ねた

果物を剥けるだけでも凄いのにオレンジジャムは恋愛のよう

君の名にある果物を出されても決して口には入れない復讐

滑らかでずっと溶けない飴みたいひたすら甘く空腹のまま
暖房で乾燥してる部屋にいて命と交互に光る炭酸。

食べ飽きて眠り損ねた。本当に大事なことは言えないままだ

大根を切るように今　睡眠でこの世界から一時離れる

愛なんて言葉に負けただけだった一緒に林檎食べたかったよ

くれるなら命に変わるものがいい。花をもらえば迷って食べる

Ⅳ

エメラルドの文鎮

猫を撫でる柔さでなかった手のひらのこれは余分な寂しさだった

驚くほど昨日が続く今日だった気づいてたのに君の誠実

書き順を話す時にも気にしてる正しいだけの、僕だったこと

行動で示したかった字であれば止め撥ね払いの蝋燭に灯（ひ）を、

読んだ後ページが千切れ燃えるよう、もう会えないと知った関係

外側が内側へなる〔のりしろ〕を覚えていようと最後にふれる

もう全て傲慢だったそう思う濡れるべき雨だったあの日は
選ばれた傘の絵柄はそれとなく雨に対する誠意だったね

新鮮な花の漢字を見るように想像よりも多い画数

沢山の蕾を付ける一行の文字列でした　付箋を剥がす

何であれ及ばなかった来世まで輝く君の言語一覧

どうしても謝りたかった何一つ欲しくなかった　月曜朝に

叶うことなかった夢の文末に君には誰かを信じてほしい

好きな人が幸福である嬉しさよ全ての四季の花が香って

大切な言葉で空気を揺らしたい最後に渡す魂の部位

何もかも大切じゃない朝が来て最後ぐらいは好きだけでいい

使い終わった言葉の果てに

言葉など現在じゃない水飴を透かせば今を歪めるように

君からはどの雨だって雨だった。僕を優しい人と言う語彙

挨拶で語り終わった感情に　言葉は所詮音の群がり

会話中ゼリーを崩す透明な城が滅びる　語ったところで

一瞬で反転させる接続詞オセロの時に角は取らない

延々と言葉の羅列はそれだけで一人の時を表すメートル

月光のように魅せるね、その語尾は語らなくても雲の有無で

真珠玉のできる過程と似ているね余分なものに価値が出るとき

魂を感情でなぞるように解(と)く使い終わった言葉の果てに

論理など崩してください何ひとつ知らず重ねた積み木だとして

春に咲く花の教えが理解でき君が使った言葉の配置

氷山も君の言葉で照らすなら綺麗な航路だったことだけ

結晶が自熱で滅びた雨としてこれらは全て聖書のあとがき

花の名を教え合うように話してた　忘れたように生きると思う。

振動は弦楽器だけの冬晴れに言語も光も区別はつかず

どうしても君が優しいと傷付いた　虹が二色の国境沿いで

海行きの地図を書くこと約束でなく計画というなら　それで

話すほど孤独になっていくことの宮沢賢治の後に生まれた

無言より少しうるさくしんしんと千年かけて降る雪はある

これから信じる感情のために

こんなにも今世は前世の雨上がり虹の配色なら覚えてる

雪道の足跡みたいだと思った修正テープのほのかな所在も

感情を伴うことは木の中で光が燃える　ただ眩しくて

闇雲に美しかった名を知らないことも残さず珊瑚のようで

溶岩に触れ溶けていく怒りさえ光源のような灼熱として

唯一無二の火事だったただろ痛覚が東京タワーにあるから東京

言葉など無色の点字だったこと触れて初めてわかることだけ

新しい感情が舞う　突風で　季節が季節を押し出すように

Λ

真珠星（しんじゅぼし）

最後まで出会えない気持ちばかり有りここから見えない先にある星

夏季休暇　君の時代の教科書を全て読みたい聖地巡礼

学ぶとは君の心の翻訳で異星人だがわかる気がした

白い服を君が着るなら閃光と教えのように知覚していて

引き止める術を知らずに重力が隕石ばかり引き寄せている

感情を向ける覚悟がもう無くて解答欄を写して埋める

私が泣くとかじゃなかった道徳の教科書十二ページ参照

感情の到着地なら恋愛と表記していた定期の区間で

横顔の記憶だけなら恋よりも文学こそを正解として

赤ペンを持たない君の花丸を求め続けた原っぱでした

初雪は君の受験の朝に降る。そういう生まれ変わりのことを

ミリオン

夜の海　唯一字幕が光ってて椅子に座れば深々沈む

君の手が映り込んでる映像はそういう構図の完璧なシーン

君だけが多弁の夜に知ることは繋がることと信じていたい

白黒の夜は重なり閉じられるパンフレットの表紙を付けて

声だけが反響してる洞窟で外に出ずには星は見えない

何周も回った後の月ならばフィクションですら重要でなく

本物や偽物だとかどちらでも実感だけが何かを変える

それならば、僕は偽物でいてみせる君が欲するＥＮＤの為に

複数の月が照っても今世では朝になれない秩序の中で

重複の重なりこそが好きだった流星群を見てるみたいで

話してる君がいたこと繊細なフォントの字幕が照っていたこと

この星は無風

永遠に淋しいことは傲慢ですか、君を許したいこの星は無風

何もかも失えるほど持ってない忘れるほども覚えていない

月見ても思い出さない誰のことも　それはとっても自由だったよ

ただ誰もいない星での心なら侘しい以外不誠実かな

真剣に生き通したい不甲斐ない　いつか滅びる百年の為に

手に持った風鈴が鈍く鳴っていて反射としては今も祈れる

もう多分、会わない君とは誰よりも信じたいものが同じだったよ

すべての季節は春の中

季節など誤差の範囲で一年へ金木犀はほとんど香る

秋麗の言葉を知らずに組み上げる秋の感覚は不燃だとして

屋上で紙吹雪舞う　季節とは管理可能な春の強弱

不確定ばかりあるなら全季節　大切なのは解釈だけだ

花咲かずそれでもどうせ思い出す春一番の順序の通り

花吹雪だった全部が。掴んでも果てがなかった無数の心で

叶うならいつか説得してほしい君だけがいる　春の渦中で

VI

土足で入る湖だった

百年に勝る合間を永遠と呼んだ黄色の飴の満月

飼い慣らす呪いが祈りだと思う星座のように名がついてから

存在より不在の方が痛いほど心の中で確かであること

緻密だと思った時は愛でなく信仰だった　あなたの所作は

だとしても百年経っても寂しくない、そういう侘しい希望の為に

銀鈴を中間地点で出会うため湖の木に何度も掛けて

「内緒だよ、心臓の音聴かせてあげる」あなたがずっと神様でした。

雪になる以前を知らず雪と呼ぶ無責任さを背負った夜に

潮風の香りに負けて咽せ返り　罪の深さを知るのだろうか

花の名を全て覚えたら許される罪があるかのような花摘み

信仰と恋を混ぜれば濁るだけ土足で入る湖だった

今はただ降り積もる雪　湖に　再配達は受け付けてない

猫の瞳の青さで泳ぐ

お互いの羅針盤が乱暴にぶつかるだけの出会いと別れ

音ならばあの夏に出しきった糸しか持たない風鈴の果て

いつまでも眠らせてくれる君が好き鐘が鳴る日のその他の静寂

光透け　触れば傷む花びらをランプのように灯す夕焼け

冷えた頬　君の星座が変わっても君だと君に証明されたい

時系列を無視して呼んだ初恋で猫の瞳の青さで泳ぐ

貝殻を拾うだけの恋。　お守りと握って閉じたそれだけの手だ

クリスタル・フルムーン

何もかも難しいだけの今日でした。目にかかる髪ははらってあげたい

性別でこれほどまでに軽々と愛とか恋に分けられてゆく

湖が溢れて濡れた爪は皆(みな)持って産まれた宝石として

所作が好き、白目の色も　透明な器としての君の身体

時刻にも瑞々しい名が付いていて全てに残る本当のこと

波だって月の引力の現象で　愛を肯定しようと思う

フルムーン　好かれないこと落ち度ではないはずでしょう誰にとっても

ハピネス

いつまでもハッピーエンドを目指してる蛍光色の蛍の賑わい

人前で泣いたことなら覚えてる心があれば心が決める

左利きとして出会った数々を別に恨んでいる訳でなく

後悔も怠慢もない銀紙を風に舞うほど細かく千切る

何もかも無意味にできる夜なのに会いたいことに価値はあったね

別れなら日が差す場所と決めていた君にもあった来世のために

お土産の菓子のうさぎが軽やかでお手本にして明日へと跳ねる

希望なら今でもあった、　やがて君に結ばれていくポニーテールに

幾千の心があった来世では詩集になってすれちがいたい

否定とか肯定ですら無力だね事実としての君の明るさ

何度でも呼べる名前があるだけで　朝日を通すような透明

グッドフライト

手話ならば同義であった気もしてる晴れてる場所に行こうと思う

誰しもが迷えば人は迷（まよ）い子で　泣いてもいいし怒ってもいい

駅名が誰かの名前と同じ時　だから電車を好きだと思う

電車内でのアナウンス良い声でたまに読まれる　あなたへの歌

飛行機と船に友情ありますか、　すれ違うとき手を振りますか

雲だって列の規律は存在し集合時にはかわいい号令

嫌えない辛(つら)さはあるよね、嫌いだよ。電車のような航空経路

感情を接続詞にて乗り換えて気づけば知らない駅に着いてて

君の声　凛々しい書体だったこと忘れずにいて本を読んでる

非常時の振る舞い方は手を貸せるように聞いてるグッドフライト

感情はやがて祈りに変わるもの今なら会いに行ける気がした

実家では皿の模様が華やかで洗えばただの華の水やり

久々に包丁を持ち苦瓜も洗い流せる水に出会えた

外出の予定がないと雨降りもパレードとして消費している

色付いてハイボールだがしばらくは炭酸水の気泡を見てる

香水としての霧雨こんなにもいつか許すと決めてることへ

生活の中にも祈りは混在し食の前後や写真の前で

呼んできた名前の分だけ声は澄み大事なパンに百花蜜（ひゃっかみつ）塗る

大風は夏を押し出すように吹きココアに込めるラム酒の香り

降って止み降って降っても　止んで降る　立ちすくんでる海に来たから

本当はあった無数の理（ことわり）へ生まれた瞬間春だったこと

青色はいちばん前で透き通り、緑色は遠慮をせずに楕円に光る、黄色は立体を保って行進し、赤は果を待たずに広かった、紫色は鮮やかで触れていいのか困るほど自分のものではない誰かの大切な忘れ物、橙色は忘れずに呼吸音を聴かせてくれた、黄緑色は常に生まれる途中の明度で、水色は何者からも裁かれず瑞瑞しく溜まってる、桃色は疑うことなど覚えずに丸さを続け、灰色は天秤を守るために遠くで帽子を深く被り直す、白は柔らかく包むことへ心を預け、黒は湖よりも浅い空の瞼であったね、金色は形を持たず器からはいつも溢れ出し誰の名前も刻まない、カラフルは風のように絶えることなく旗をはためかす。

全色発光体の瞳を出したり仕舞い込んだりするばかり。持たないこともくり抜き捨てることもできないままに。
ただ、そう思った昼間があって、あまり上手には忘れずにいる。

歌集制作にあたり、監修の千種創一氏、装画の葛西由香氏、装幀の脇田あすか氏、山口日和氏を始め、関わってくださった全ての方々へ、そして、この本を手にしてくださった方へ深く御礼を申し上げます。

中村森

中村森

歌人。島生まれ、東京育ち。

監修　千種創一

歌人・詩人。1988年、名古屋生まれ。2015年、歌集『砂丘律』（青磁社）。2016年、日本歌人クラブ新人賞、日本一行詩大賞新人賞。2020年、歌集『千夜曳獏』（青磁社）。2021年、現代詩の年間新人賞「ユリイカの新人」受賞。2022年、詩集『イギ』（青磁社）、ちくま文庫版『砂丘律』（筑摩書房）。

装画　葛西由香

日々の暮らしの中にあるありふれた物事やままならない人間性に焦点をあて、人が生きることの賛美とも揶揄とも取れる日本画を描く。近年は展覧会だけでなくアートフェアにも多数出展している。札幌市在住。

ブックデザイン　脇田あすか＋山口日和
DTP　（有）エヴリ・シンク
校正　鷗来堂
編集　伊藤瞳

太陽帆船（たいようはんせん）

2024年3月14日　初版発行
2024年11月15日　4版発行

著者／中村森（なかむらもり）
発行者／山下直久
発行／株式会社 KADOKAWA
〒102-8177　東京都千代田区富士見2-13-3
電話 0570-002-301（ナビダイヤル）

印刷所／大日本印刷株式会社
製本所／大日本印刷株式会社

定価はカバーに表示してあります。
 ISBN 978 - 4 - 04 - 114476 - 3　C0092